El fútbol me hace feliz

Maribeth Boelts

ilustrado por **Lauren Castillo**

CANDLEWICK PRESS

NADA ME HACE MÁS FELIZ QUE EL FÚTBOL.
Estoy en un nuevo equipo
con chicas muy listas.

Mis zapatillas tienen llamas y el balón rueda
por el inmenso mar de grama limpia,
en un campo sin hoyos, con arcos de verdad,
en lugar de los dos botes de basura que usamos
en el lote cerca de mi apartamento,
donde fútbol quiere decir
que cualquier chico que aparece puede jugar.

Pero, al mismo tiempo, nada me da tanta tristeza
como el fútbol porque el restaurante donde mi tía
trabaja está lleno los sábados y ella no puede tomarse
el día libre para algo como un partido de fútbol.

En las mañanas en las que hay partido,
mi tía me alista: me cepilla el pelo
y me frota las piernas con loción.
—Diviértete y juega duro, Sierra —me dice.
Yo sonrío, pero cuando ella me abraza para
despedirse, sé que siente lo triste
que me pongo.

Luego llega el auto que
nos lleva al partido,
lleno de chicas simpáticas
que saben chistes que yo
desconozco. Pasamos por el
lote vacío y por las calles de mi
barrio y salimos de la ciudad,
por donde no van los autobuses.

Cuando empieza el partido,
juego duro y me divierto,
pero mis ojos se distraen espiando afuera del campo,
donde las familias se sientan en mantas
y saludan desde sus asientos plegables.

Me animan gritando el número de mi uniforme
porque no saben cómo me llamo.
Todas las chicas tienen alguien que las acompaña, menos yo.

El entrenador Marco y yo chocamos las manos
y él me dice que le encanta que yo esté en el equipo.
Cuando me pregunta si necesito algo,
me muerdo el labio sin querer
y le digo que no.

Después del partido,
volvemos en el auto a la ciudad,
pasamos por las calles de mi barrio,
por el lote vacío,
y llegamos al restaurante,
donde mi tía me sirve fideos con pollo.
Durante su descanso, hablamos del partido
y le cuento todo lo que pasó
lo mejor que puedo.

El viernes siguiente, mi tía me dice que su jefe
nos oyó hablar. Le preguntó si le gustaría
cambiar el turno de este sábado por el del domingo
para poder ir a mi último partido.

—¿Qué le dijiste? —le pregunto.

—Le dije que sí, por supuesto —me dice riéndose.
Luego bailamos en la cocina un baile improvisado
y horneamos un pastel de cerezas, que es lo que
hacemos siempre que celebramos algo.

Esa noche estoy tan emocionada que sueño con fútbol.
En mi sueño, corro tan rápido que me elevo un poquito.
Hasta el balón está en el aire.

—Cuando sueñas que vuelas es que te sientes bien —dice mi tía por la mañana,
y tiene razón.

Mi tía y yo vamos al partido
en un autobús que pasa por el lote vacío
y luego en otro que atraviesa la ciudad,
y después caminamos hasta las canchas.

Pero cuando el partido está por empezar,
siento algo.
Unos goterones.
Luego suenan truenos y vemos,
en la distancia, relámpagos.

El entrenador Marco nos reúne rápidamente y nos dice que
el partido ha sido cancelado, pero que se celebrará otro día.
Yo trago en seco,
segura de que será aplazado para un sábado,
segura de que será fuera de la ciudad,
segura de que el jefe de mi tía no le hará dos favores seguidos.

El entrenador Marco nos trae de vuelta a casa a mi tía y a mí.
En el auto, mi tía se sienta a mi lado y me pone
su mano cálida en la rodilla.

En la casa, jugamos cartas y terminamos de comer
el pastel de cerezas y miramos fotos viejas.
Mi tía saca las graciosas para hacerme sentir mejor,
y yo debería sentirme mejor, pero estoy pensando mucho.

Cuando mi tía me acuesta, sigo pensando...
sobre el lote vacío cerca de mi apartamento
y sobre el lunes, que es el día libre de mi tía,
y me pregunto si quizás esta vez,
para este último partido,
puedo contestar con la verdad a la pregunta
del entrenador Marco de si necesito algo.

Mi tía está dormida, así que voy a la cocina en puntas de pie.

Mi corazón me late como cuando
mi maestra dice mi nombre sin que yo haya alzado la mano.
Marco los primeros números del teléfono del entrenador
y cuelgo muy nerviosa.
Espero y lo intento otra vez.
El entrenador Marco contesta.

Respiro hondo y le digo que lo siento por llamar tan tarde,
y luego le digo lo que se me ha ocurrido rápida y atropelladamente,
que quizás el partido pueda ser un lunes,
y que quizás pueda ser en el lote cerca de mi apartamento
porque así mi tía podría ir.

El entrenador Marco me escucha callado.
Luego dice que va a hacer unas llamadas.
—No puedo prometerte nada, Sierra —dice—.
Pero te avisaré en cuanto sepa algo.

Pasa mucho tiempo hasta la mañana.
El ruido de la ciudad se mezcla
con la respiración apacible de mi tía
y con el ruido de todo
lo que quiero que ocurra.

Más tarde, el entrenador Marco visita el lote
para inspeccionarlo
y me dice que mi idea es buena.
—Será conveniente para todos —me dice sonriendo.

Corro a casa y subo los escalones de dos en dos.
Las palabras se me salen de la boca
y mi tía me alza la barbilla
y me mira, sorprendida y orgullosa.

—¿Hiciste eso por mí? —dice.
Muevo la cabeza y ella me abraza.
—Y por mí también —digo.

En el último partido, hay familias sentadas sobre mantas
y familias que saludan desde asientos plegables.

También hay caras familiares de mi barrio,
y chicos en bicicleta, que paran a ver, junto con los otros.

Y oigo mi nombre porque me conocen a mí,
no solo a mi número.
Y, por encima de todo, oigo
la voz fuerte de mi tía animándome.

Y corro tan rápido que esta vez sé que estoy volando de verdad.

To Heidi and Andy for being inspiring examples of
what it means to cheer from the sidelines
M. B.

For the DeLanty family
L. C.

Text copyright © 2012 by Maribeth Boelts. Illustrations copyright © 2012 by Lauren Castillo. Translation copyright © 2015 by Scholastic Inc. Printed by permission of Scholastic Inc., 557 Broadway, New York, NY 10012. All rights reserved. No part of this book may be reproduced, transmitted, or stored in an information retrieval system in any form or by any means, graphic, electronic, or mechanical, including photocopying, taping, and recording, without prior written permission from the publisher. First Candlewick edition in Spanish 2016. Library of Congress Cataloging-in-Publication Data is available. Library of Congress Catalog Card Number 2011018624. ISBN 978-0-7636-4616-5 (English hardcover).
ISBN 978-0-7636-7049-8 (English paperback). ISBN 978-0-7636-8905-6 (Spanish paperback). This book was typeset in ITC Leawood. The illustrations were done in ink and watercolor with acetone transfer.
Candlewick Press, 99 Dover Street, Somerville, Massachusetts 02144. visit us at www.candlewick.com
Printed in Humen, Dongguan, China. 17 18 19 20 21 APS 10 9 8 7 6 5 4 3 2

MIX
Paper from
responsible sources
FSC® C101537